AF331691

LOUISA SIEFERT

LES
SAINTES COLÈRES

Allons, les champs; allons, les rues,
Improvisez les bataillons!

JOSÉPHIN SOULARY.

PRIX : 50 CENTIMES

PARIS
ALPHONSE LEMERRE, ÉDITEUR
47, PASSAGE CHOISEUL, 47

—

1871

LES SAINTES COLÈRES

LOUISA SIEFERT

LES SAINTES COLÈRES

Allons les champs, allons les rues,
Improvisez les bataillons!

JOSÉPHIN SOULARY.

PARIS

ALPHONSE LEMERRE, ÉDITEUR

47, PASSAGE CHOISEUL, 47

1871

A M. JOSÉPHIN SOULARY.

Vous avez su l'espoir et partagé la rage,
Qu'en ce temps, déjà loin de nous, j'avais au cœur,
Et sentant comme moi la morsure et l'outrage,
Vous nous avez vengés par le mépris moqueur.

C'était l'âpre sifflet qui domine l'orage,
Le coup de fouet vibrant qui cingle le vainqueur,
Et dans le verre où boit son ivresse sauvage,
La goutte corrosive au fond de la liqueur.

Or, lorsque vous chantiez du pieux roi Guillaume
L'idylle conjugale en l'édifiant psaume,
O poëte, dans l'ombre où ces foudres ont lui,

Émue au cri montant des haines populaires,
J'ai noté quelques mots de ces Saintes Colères :
Je vous les dédie aujourd'hui.

Les Ormes, ce 29 juin 1871.

LES

SAINTES COLÈRES

I.

L'automne! la voilà plus belle que jamais,
Avec sa douceur calme et son moite sourire.
Tous ces enchantements sont bien ceux que j'aimais,
Que, si souvent déjà, j'ai tenté de décrire.

Les rayons du matin glissent dans la vapeur
Qui reste prise aux doigts plus grêles des ramures;
Le vent léger s'en va comme s'il avait peur
    D'ôter un grain aux grappes mûres.

Le soir se fait plus grave et plus religieux,
L'étoile y luit plus tôt d'une flamme moins rose;
Et par les monts, les bois dorés, les eaux, les cieux,
O jours de l'an passé! est bien la même chose.

—Non, non, dans tous les cœurs l'hymne se change en cri,
La terre sous nos pieds brûle, gronde, tressaille,
Car de coups de canon l'horizon est meurtri :
       La France est le champ de bataille!

Dieu! qui pourrait songer à ses propres douleurs,
Quand la Patrie est là déchirée et sanglante?
Pour une autre souffrance où donc trouver des pleurs?
Que dire, qu'appeler la revanche trop lente?

O France! ils sont venus nombreux et triomphants,
Ils t'ont visée au cœur du bout de leur épée,
Ils veulent maintenant te voler tes enfants,
       T'avilir comme ils t'ont frappée.

Debout! relève-toi de ces derniers vingt ans,
Souviens-toi de l'Argonne et de quatre-vingt-douze,
A tous ces ennemis, ô France, il en est temps,
Sache donc te montrer de ton honneur jalouse.

De ta robuste main reprends ton vieux drapeau,
Déroules-en les plis dans le vent héroïque,
Pour qu'au moins nous mourions comme Hoche ou Marceau
       En acclamant la République!

       15 août 1870.

II.

C'est horrible. La terre crie,
Ainsi qu'un pressoir trop chargé;
Le cellier devient boucherie,
Et le vin en sang est changé.

Par les âmes des morts qui passent,
On dirait le ciel obscurci;
Ces vents qui d'un frisson nous glacent,
Ont apporté leur râle ici.

Partout les villes bombardées
Fument dans la rougeur des soirs;
Plaines, forêts sont débordées
De soldats blonds, de chasseurs noirs.

La cuve est pleine, elle est immense.
Le ferment bout avec fureur.
— Ne viendras-tu pas voir, ô France,
Les vendanges de l'empereur?

20 août 1870.

III.

Vivat et Te Deum! c'est le couronnement
De cet admirable édifice.

Le rapt a commencé, puis vient l'égorgement :
    — « Il faut qu'on en finisse? »

L'esclave, après vingt ans, s'éveillait et vivait;
    Pensive, elle disait : — « Je souffre! »
Pour en avoir raison, cette fois on devait
    La jeter dans le gouffre.

Avec un peu de gloire on tenait le moyen,
    (Gloire ou gloriole, n'importe!)
Et l'on se promettait de l'en griser si bien,
    Qu'elle en fût ivre-morte.

Alors en la berçant de sonores discours,
    Comme cette folle en écoute,
On la lierait de nœuds souples, fermes et courts,
    Qui la livreraient toute.

On l'enterrerait vive, et pendant qu'elle dort
    On rebâtirait sur sa tombe
L'édifice ébranlé par le dernier effort
    Auquel elle succombe.

— Mais le pied du bandit a glissé; mais sa main
    Tâtonne; mais sa voix s'enroue;
Mais devant lui le sang qui remplit le chemin
    En a fait de la boue.

Mais derrière lui, sombre et fatal, son passé
    Le repousse dans cette lutte,

Et son dernier exploit tant de fois annoncé,
  Précipite sa chute.

Et la France regarde avec un œil d'effroi
  Ce charnier aux terreurs funèbres,
Dont il voulait lui faire à jamais sous sa loi
  Un lit dans les ténèbres.

— Oh! n'est-ce pas qu'enfin tu te rebelleras,
  Fière, superbe et si meurtrie,
Et qu'à la liberté tu vas rouvrir tes bras,
  O ma mère, ô Patrie!

25 août 1870.

IV.

Cet homme était assis au bord de la rivière;
Huit jours auparavant sa contenance fière,
Son langage énergique en parlant de ses fils,
Tous deux soldats, m'avaient frappée; et je lui fis,
Croyant voir à son front des rides plus cruelles,
Tout bas cette demande: « Avez-vous des nouvelles? »
Il me répondit : — « Non! » d'un ton qui me glaça.
Le flot clair devant nous prit sa course, passa,
Et me sembla tomber au loin comme une larme.
Autour de nous l'automne empruntait plus de charme

Au matin mi-voilé de gris-rose et de bleu.
Le vent en soupirant s'élevait peu à peu,
Et le cœur se serrait à ce doux paysage.
Alors mon compagnon détournant son visage,
Évitant tout regard qui le pouvait troubler,
Lentement, sourdement se mit à me parler :

« Oui, j'ai deux fils là-bas, dit-il. Cette semaine
J'ai su que le second va bien. Dieu le ramène !
Moi, je ne l'attends plus depuis que l'autre est mort.
Oh ! ne m'allez pas dire : On ne sait pas son sort ;
Peut-être est-il blessé, prisonnier ? — Non, madame.
Je connais mon garçon, c'est une bonne lame,
Qui sait qu'on ne doit pas se rendre. Les meilleurs
Disaient : « Il nous vaut tous ! » J'en étais fier. D'ailleurs
Le journal l'a bien dit, et je l'ai lu moi-même,
Son régiment était à Wœrth. C'est le deuxième,
Celui dont il n'est rien resté — que le tombeau !
Vive Dieu ! quel lancier c'était, et brave, et beau !
Perdre un enfant pareil, voyez-vous, ça vous ronge.
Le cinq août, la veille (on dit songe, mensonge,
N'est-il pas vrai ? pourtant, écoutez donc ceci) :
Il est venu vers moi la nuit, il m'a saisi
Dans ses bras : « Adieu, père ! » — Il est sorti tout pâle.
Au jour, me rappelant cette scène fatale,
L'embrassade, le cri, j'ai compris la leçon
Qu'il me fallait comprendre, et j'ai dit : Mon garçon
Est flambé, c'est fini ! — Depuis, j'ai su l'affaire,
Et j'ai récrit trois fois. Mais rien ! Allez, un père

Ne peut pas s'y tromper. Il était si gentil ;
Pour plume il aurait pris le bout de son fusil ;
Avec ça, doux, rangé, soigneux comme une fille...
Que voulez-vous ? On est ainsi dans la famille.
Notre sang aime à voir le grand soleil. Il faut
Qu'on se batte. De père en fils c'est le défaut.
Le bisaïeul que j'ai connu dans mon enfance
Et centenaire, était à Denain. Notre France
Fut envahie alors comme aujourd'hui. — Le roi
Vaut l'empereur. — L'aïeul était à Fontenoy.
— Je crois qu'on s'en voulait pour de la politique. —
Le père était partout durant la République :
Sur le Rhin, en Hollande, — et c'était le grand temps !
Vint le premier empire, et j'avais dix-sept ans
Quand j'ai fait à mon tour ma première campagne.
L'ennemi nous passa sur le corps en Champagne
Pour entrer dans Paris, où jamais jusque-là
Nul n'avait pu venir. — Il nous coûtait cela,
Napoléon ! — Après mes douze ans de service,
Et beaucoup de travail pour peu de bénéfice,
Je me suis marié, les enfants ont grandi ;
Quand je les regardais, j'étais ragaillardi.
J'aimais à voir aussi près d'eux leur pauvre mère ;
Elle est morte, les fils sont partis pour la guerre,
Et je me suis fait vieux pour mourir le dernier.
L'aîné me ressemblait : l'autre, le pontonnier,
Tenait de ma défunte, il était blond comme elle.
Vous voyez cette eau bleue ? on dirait sa prunelle.
Quelque chose me dit qu'il restera là-bas,

Et celui-là non plus, je ne le verrai pas.
Plus de famille alors, plus de nom, plus de race.
La maison est à qui la veut; car, à la place
Où leur sang a fumé, la terre le boira,
Et leur souvenir même avec moi s'éteindra.
— Oh! je suis déjà vieux, et j'ai la tête blanche,
Mais si, trouvant enfin l'heure de la revanche,
Je tenais d'une main ces Prussiens haïs
Qui deux fois dans ma vie ont souillé mon pays,
Qui changent notre France en un champ de bataille;
Et si, dans l'autre main, j'avais cette canaille
D'empereur, qui nous vole et nous égorge après,
Oh! des deux mains, d'un coup, je les écraserais!

28 août 1870.

v.

Ah! parce qu'ils sont forts, et qu'ils sont en grand nombre,
Qu'ils se sont préparés dans le silence et l'ombre
    Comme des renards ou des loups;
Parce qu'ils ont surpris notre France endormie,
Qu'ils ont mis leur poing lourd sur sa bouche blémie,
    Et sur sa gorge leurs genoux,

Ils ont crié victoire, et dit qu'elle était morte!
Mais le torrent de sang qu'ils font couler, emporte
    Son dernier rêve et son sommeil;

Et leur glaive, inhabile à bien servir leur haine,
A tout d'abord frappé, tordu, brisé sa chaîne :
    Elle est libre pour le réveil !

Comment n'ont-ils pas vu l'œuvre de leur démence?
Ne comprennent-ils pas que la guerre commence,
    Et, devant la Patrie en deuil
Qui presse de la main sa blessure béante,
N'ont-ils pas frissonné de honte et d'épouvante ?
    Comment donc ont-ils tant d'orgueil?
Est-ce qu'ils ont si mal appris leur propre histoire?
Nous faut-il de nouveau leur remettre en mémoire
    Les fastes de la liberté?
Et quoiqu'ils aient gagné les premières étapes,
Ressusciterons-nous Valmy, Fleurus, Jemmapes,
    Pour confondre leur vanité?

Sans doute ils sont puissants, et leur audace est grande,
Il se peut même encor qu'au droit elle commande
    Aujourd'hui, peut-être demain;
Il se peut que le sort trompe notre courage,
Que jusqu'au lieu marqué pour laver tant d'outrage,
    Nous devions faire un long chemin ;

Mais plus lente elle vient, plus la justice est sûre.
Passent les jours, les mois, les ans ! L'heure future
    A déjà sonné sur nos fronts.
Nous saurons bien l'attendre et prendre patience;

— Et s'il n'est plus qu'un cri, celui de la vengeance,
    O France, nous le pousserons!

25 novembre 1870.

———

VI.

On disait : — Il est mort, foulé sur la grand'route
Par ceux dont il voulait arrêter la déroute.
Cet autre, au coin d'un bois, tomba seul. Celui-ci,
Plutôt que de céder, s'est fait tuer ici.
Celui-là fut broyé sous tant de projectiles,
Et tous ces dévouements étaient bien inutiles!

Et je pensais : jamais dévouement n'est perdu;
Ce germe est immortel, et le sang répandu
Consacre le principe au nom duquel il coule.
Ces braves ne sont pas grains de sable à la houle :
Ils sont grains de froment au sillon large et droit;
Où sema le devoir, moissonnera le droit.

28 novembre 1870.

www.ingramcontent.com/pod-product-compliance
Lightning Source LLC
LaVergne TN
LVHW021746030726
842523LV00003B/937